1

⑤번
조로리

2

10원짜리
동전으로
네 눈을 가리면
되겠지?

3

다섯
군데야.

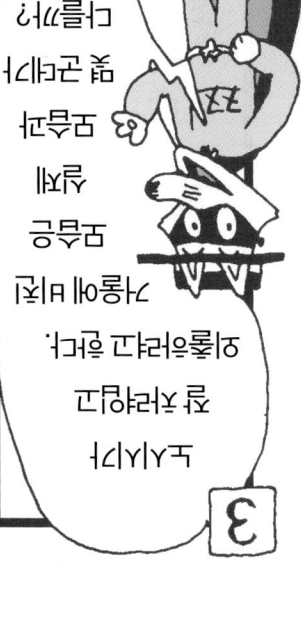

장난천재 쾌걸 조로리의 느긋한 온천 여행

지은이 · 조로리

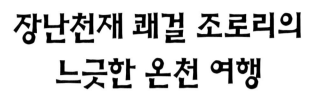

매번 오만 가지
사건에 휘말렸더니
피곤해서
못 살겠는디.

아아, 내 몸도
만신창이여.
조로리 사부님,
뭐 좋은 거
없을까유?

알았다.
그럼 작가 몰래
우리 마음대로
제목을 바꿔 놓고
푹 쉬자.
저 제목은 어떠냐?
우히히히.

장난천재
쾌걸 조로리
26 황금 라이온

하라 유타카 글·그림

조로리 일행이
온천에 가기로 하고
신이 나서 노래를 부르고
있을 때였습니다.
지나가던 두더지가
종이 한 장을 슬쩍 떨어뜨렸어요.
이시시가 주워서 보니……

마음 쉼터 야옹이 온천

라이온 여관

어서 오세요.

라이온 여관 주인

♡ 마을에서 멀리 떨어진 산속에이런 좋은 여관이 있을 줄 누가 알았겠어요?

♡ 화려한 황금 라이온 입에서 몸에 좋은 온천 물이 펑펑 흘러나온답니다!

놓치면 평생 후회!

온천물에 몸을 담그고 피로를 풀면서 반짝이는 라이온상을 보고 있으면 당신은 마치 세상을 다 가진 기분일 겁니다.

좀처럼 보기 힘든 구경거리랍니다. 당신의 눈으로 직접 확인해 보세요.

✦ 전체가 금으로 이루어진 얼굴
✦ 100캐럿짜리 다이아몬드 눈
✦ 푸른빛의 에메랄드 코 30억 이상의 가치가 있는 황금 라이온!

이 녀석, 좋은 걸 주웠구나. 이 몸은 이 온천이 마음에 쏙 든다. 여기로 가자!

조로리는 온천욕도 즐기고 돌아오는 길에는
황금 라이온도 훔쳐야겠다고 마음먹었습니다.
"피로도 풀고 보물도 손에 넣고
이게 일석이조라는 거지. 히히히히."
조로리는 기분이 좋았습니다.
그런데 종이에는 여관의 위치가
어디인지 적혀 있지 않았습니다.
"야! 얼른 저 두더지를 쫓아가자!"

여기서 잠깐!

일석이조(一石二鳥)

● 한 개의 돌을 던져 두 마리의 새를
잡는다는 뜻의 사자성어로,
한번에 두 가지 이득을 본다는 뜻.

두더지는 정류장에서

버스를 기다리고 있었습니다.

"이봐요! 이 온천에 놀러 가는 길인가요?"

조로리가 광고지를 내밀며 물었습니다.

"아뇨. 그건 아니지만,

마침 가는 길에 그 온천이 있으니

제가 안내하겠습니다."

두더지가 대답했어요.

이 친절한 두더지의 이름은

구라모입니다.

구라모는 온천 전문가인데
어떤 호텔의 부탁으로 온천수가 나오는 곳을
찾으러 가는 길이라고 했습니다.
넷이 이야기를 나누는 사이
야옹이 온천으로 가는
버스가 도착했습니다.

버스에서 내리자

라이온 여관의 번쩍이는 네온 간판이

눈에 들어왔습니다.

"그럼 함께 저 여관에서 묵기로 합시다!"

조로리가 구라모에게 말했습니다.

"아녜요. 저는 일하러 온 것이니

근처 오지 마 여관에서 묵겠습니다.

사실은 돈이 별로 없거든요. 하하하하."

부끄럽다는 듯 웃는 구라모의 모습에

조로리는 왠지 끌렸습니다.

"한 푼도 없는 건 우리도 마찬가지야.

그냥 푹 쉬고, 몰래 달아나면 돼!"

이렇게 말할 뻔한 것을 겨우 참았으니까요.

"참, 제가 좋은 거 알려 드릴게요.

여기 온천에서 파는

단팥빵은 크고 정말 맛있으니까

기념으로 꼭 사 가세요!"

조로리 일행과 헤어지며

구라모가 크게 말했습니다.

"정말 친절하구먼."

"그러게, 나도 꼭 먹어 보고 싶은디."

먹보 이시시와 노시시는
침을 꿀꺽 삼켰습니다.
'미안하지만 이 몸의 기념품은
황금 라이온이다!'
조로리는 속으로 중얼거리며
라이온 여관으로 들어섰습니다.

출입구는 금속 탐지기로 만듦

- 금속을 가지고 여기를 지나가면, 순식간에 비상벨이 울리면서 산기슭에 있는 경찰에게 연락이 간다.
- 따라서 라이온을 훔치려고 쇠망치나 드릴을 가지고 들어가거나 황금 라이온을 들고 나오면 금방 붙잡힌다.

비상벨

라이온 탕

황금 라이온도   이 안에 있음

여기가 라이온 탕입니다. 황금 라이온을 훔쳐 갈 수 없도록 경비를 철저하게 하고 있습니다.

이 출입구를 지나면 온천. 수상한 낌새를 보이면 경찰이 올 때까지 경비원이 잡아서 붙들고 있음.

힘이 엄청 세 보이는디.

금속을 가지고 한발자국이라도 들어가거나 나오면 비상벨이 바로 울림.

아들 야옹이가 온천 문을 열었을 때입니다.

"으악!"

수증기 사이로 비명 소리가 들리더니

하마가 거품투성이의 세숫대야를 껴안고

탕 안에서 뛰쳐나왔습니다.

"저기, 손님! 비누 거품을 닦고 나가셔야지요."

하마를 쫓으려는 아들 야옹이에게

"이봐, 황금 라이온은 언제 보여 줄 거야?

못 참겠구면. 여기서 묵지 말아야겠네."

조로리가 화가 나서 말했습니다.

"앗, 죄송합니다. 이쪽입니다……."

아들 야옹이가 가리키는 쪽을 보니……

있었습니다!
정말 있었습니다!
두 개의 커다란
다이아몬드가 눈처럼 박힌
눈부시게 아름다운
황금 라이온이 정말
바위 위쪽에 붙어 있었습니다.
입에서는 콸콸콸 온천수가
흘러나왔어요.

이 온천수는
관절염, 요통, 무좀 등에
좋고 피부도 좋아지는
무슨무슨 성분을 포함하고
있으며……
어쩌고저쩌고.

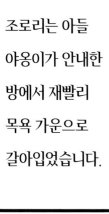

조로리는 아들
야옹이가 안내한
방에서 재빨리
목욕 가운으로
갈아입었습니다.

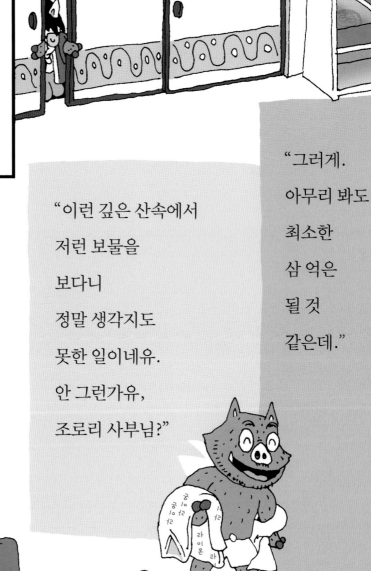

"이런 깊은 산속에서
저런 보물을
보다니
정말 생각지도
못한 일이네유.
안 그런가유,
조로리 사부님?"

"그러게.
아무리 봐도
최소한
삼 억은
될 것
같은데."

"그런데
저걸
어떻게
가지고
나가나유?"

"일단
뜨끈한
온천물에
몸을 푹
담그고 나서
천천히
생각해 보자.
히히히히."

조로리 일행은
웃음을 멈출 수
없었습니다.
셋은 수건을
챙겨 들고 다시
황금 라이온
탕으로 갔습니다.

입구에서 소지품 검사를 받은 조로리 일행은

온천물에 뛰어들었 습니다.

돼지는
조로리 일행을
보더니 갑자기
탕 안으로
잠수를
했습니다.

이렇게 말하고는 서둘러

밖으로 뛰어나갔습니다.

"여긴 왠지 이상한 손님들만

있는 것 같구나. 하지만 상관없다.

아무도 없으니 우리에겐 더 잘됐지."

조로리는 이시시, 노시시와 함께 황금 라이온을

가까이 살펴보았습니다.

황금
라이온을
뜯어
내려고
당겨도
보고

밟아도 보고

물어뜯어도 보고

오만 가지 방법을
다 써 봤지만
도저히 떨어지지가
않았습니다.

"쇠망치나 전동 드릴이 있으면

뜯어낼 수 있을 것 같은디."

"뭔 소릴 하는겨? 이시시.

그런 거 가지고 들어오다가는

경비원에게 잡히는 거 몰러?"

말다툼을 벌이는 이시시와 노시시에게

조로리가 아무렇지 않은 얼굴로 말했습니다.

"자자, 아직 시간은 충분하니 서두를 거 없다!"

조로리 일행은 일단
황금 라이온을 훔칠 수 있는
방법이 떠오를 때까지
이 온천에서 편히
머무르기로 했습니다.

온천욕을 마치고
방에 돌아오니 진수성찬이
차려져 있었습니다.

야호!

오랜만에
맛난 걸
먹는구먼유.

배가 부르자 조로리 일행은

지금껏 쌓인 피로가 한꺼번에 몰려오면서

깊은 잠에 빠졌습니다.

그런데 말입니다.

밤이 되자……

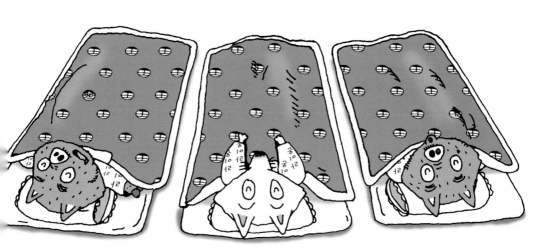

조로리의 잠꼬대 소리가 너무 커서

이시시와 노시시는 잠이 깨고 말았습니다.

"조로리 사부님이 황금 라이온을

엄청 갖고 싶으신 모양이여."

"좋았어. 우리가 오늘 밤에

가지고 와서 조로리 사부님을

기쁘게 해 드리자."

노시시는 쇠망치를 챙겨 입안에 넣었습니다.

"금속 탐지기가 울리면

금으로 된 틀니라고 우기면 될 거구먼."

"그거 말 되는디. 좋은 생각이야."

이시시와 노시시는 조로리가

깨지 않게 조용히 방을 빠져나갔습니다.

라이온 탕에 가 보니
청소부 아저씨가
문을
잠그려던
참이었습니다.

아저씨!
잠이 안 와서
그러는디
온천욕을 해도
될까유?

아, 안 돼요.
아침까지는 안 됩니다.
금속 탐지기도 끄고
온천물도 잠가 버려서
들어갈 수가 없어요.
아침에 다시 오세요.

이시시가
아저씨와
실랑이를
벌이는 사이
노시시는
온천탕 안으로
들어가는 데
성공했습니다.

아저씨는
큰 열쇠로
문을 잠그고는
재빨리
사라졌습니다.

잠시 후, 찰칵 소리가 나더니 노시시가 문을 열고

얼굴을 복도 쪽으로 내밀었습니다.

"헤헤헤, 잘했구먼."

이시시의 말에 노시시는 입에서

쇠망치를 꺼내고 말했습니다.

"이걸로 바위를 깨부수면

황금 라이온은 우리 것이 되는겨."

"조로리 사부님이 얼마나 기뻐하시겠어!"
이시시는 바위 위에 오르더니
"자, 노시시. 여기를 쇠망치로 힘껏 내리쳐 봐!"
하면서 황금 라이온이 붙어 있는 곳을
발로 툭툭 찼습니다.
그러자 무슨 일이 벌어졌을까요?

황금 라이온이
힘없이 떨어지더니
그대로 굴러
떨어지지 뭐예요?

어이쿠!

라이온의
머리 부분을
간신히 잡은
이시시가
이상하다는 듯이
말했습니다.
"아까는 그렇게
안 떨어지더니
지금은 왜 이리 쉽게
떨어지는겨?"

"그래도
시간이
절약됐으니
다행이지 뭐."
"그건
그렇구면."

우
하
하
하
하
하

이시시와
노시시가
큰 소리로
웃고 있을 때
였습니다.
드르르르르륵—
온천 문이
열리더니……

아들 야옹이가 나타났습니다.
화장실에 가려고 잠깐 일어났는데
라이온 탕에서 시끄러운 소리가 나니까
들여다보러 온 것이었습니다.
그런데 이시시와 노시시가
황금 라이온을 들고 서 있는 것을 보고

"도, 도둑놈들.

황금 라이온을 훔친 도둑놈이다!"

아들 야옹이는 소리치며

재빨리 비상벨을 눌렀습니다.

그 소리에 놀란 사람들이 모여들었습니다.

물론 조로리도 달려왔어요.

"이 녀석들이 우리의 소중한

황금 라이온을 훔쳤어요, 아빠!"

아들 야옹이는 여관 주인인

아빠 야옹이에게 곧바로 일렀습니다.

그 말에 조로리는
무척 화가 난 얼굴로
이시시와 노시시
곁으로
달려갔습니다.

뭐시라?
이 녀석들이
또 무슨 짓을
한 거야!

그러나 조로리는 사실 웃고 있었습니다.

"큰일을 했구나. 장하다. 이제 내가 신호를

보내면 이걸 들고 도망치는 거다."

조로리는 이시시와

노시시에게 속삭이고는

눈을 깜박이며 신호를

보냈습니다.

"빨리 잘못을 빌고 돌려드려라!"

조로리가 화난 척하며 이시시와 노시시한테

황금 라이온을 받아들었습니다.

"어라? 이거, 왜 이런 거지?"

갑자기 조로리의 표정이 어두워졌어요.

바로 그때……

여관 주인인 아빠 야옹이가

밧줄을 들고 다가왔습니다.

"조금 전에 비상벨이 울렸을 때

산기슭에 있는 경찰과 연락이 됐어.

이 산속까지 오려면

대여섯 시간 정도 걸릴 테니

그사이에 도망가지 못하게

이 밧줄로 꽁꽁 묶어 두어야겠다."

옳거니!

여기서 원래 제목으로 돌려놓자!

장난천재 쾌걸 조로리

㉖ 황금 라이온

하라 유타카 글·그림

조로리는
황금 라이온을
아빠
야옹이에게
던졌습니다.

아니,
그런 걱정은
하지 않아도 됩니다.
왜냐하면 이 둘은
범인이
아니니까요.

여관 주인은 밧줄을 던져 버리고,

라이온상을 잽싸게 받았습니다.

"무슨 짓을 하는 겁니까?

우리 여관의 소중한 보물을 던지다니!"

"그게 전부 진짜 금으로 되어 있다면

이 몸이 그 무거운 걸 한 손으로

던질 수 있겠습니까?

그건 가짜란 말입니다!"

조로리가 탐정처럼 단호하게 말했습니다.

듣고 보니 그러네.

이렇게 가벼울 리 없지.

그런데 이게 웬일인가요?
금칠이 쉽게
벗겨지는 거예요!
그걸 보더니 누군가가
말했습니다.

으악!
가, 가짜라니.
말도 안 돼.

아빠 야옹이는 서둘러
라이온의 얼굴을 손톱으로
긁어 보았습니다.

바로
그 청소부
아저씨
였습니다.

사장님, 정말 죄송합니다.
청소하다가 그만 대걸레가
라이온상에 부딪혔는데,
그대로 떨어지고 말았습니다.
제가 망가뜨렸다고 생각해서
급하게 접착제로 붙였습니다.
라이온상이 단단히 붙을 때까지
아무도 온천에 들어가지 못하도록
문도 꼭 잠갔습니다.

"어쩐지 쉽게
떨어진다 했구먼."
이시시가
말했습니다.
"그럼 라이온을
바꿔치기한 건
청소를 하기 전이라는
얘기네.
무슨 증거라도 남아 있으면 좋을 텐데."
아들 야옹이가 주변을 살폈습니다.
"헛수고야."
조로리가 싸늘한 말투로 말했습니다.

"왜냐하면 이 아저씨가
청소를 했기 때문이야.
증거는 깨끗이 사라졌다는
뜻이지."

"저, 정말로 죄송합니다.
하지만 아까 여기를 청소하면서
나왔던 쓰레기는 아직 쓰레기통에
그대로 있습니다.
제가 당장 가지고 오겠습니다."
청소부 아저씨는 미안한 얼굴로
서둘러 뛰어갔습니다.

우리 모두 범인을 찾아봅시다!

여러분!
증거가
거의 없다는
말은 곧
누구나
범인이 될 수
있다는
뜻이지요?
이 여관에 있는
모든 이들을
한자리에
모이게 한 다음
살펴봅시다.

이시시와 노시시

● 이 둘이 가짜 라이온을
훔친 것처럼 꾸미고,
실제로는 어딘가에 진짜를
숨겨 놓았을지도. (조로리는
이 녀석들이 그렇게 똑똑
하다고 생각하지 않는다.)

하마 손님

● 탕에서 거품이
가득 찬 세숫대야를
들고 뛰쳐나갔다.
그 거품 속에 황금 라이온을
숨긴 건 아니었을까?

여관 주인 야옹 씨

◉ 황금 라이온은
60억 원짜리 보험에
들어 있기 때문에
도둑을 맞으면 막대한
보험금을 받을 수 있다.
혹시 보험금을 노린 범행?

어때? 멋있지?
새로운 정보도
알았으니,
잘 읽어 보고
추리해 봐.

조로리는 이제
명탐정으로 잽싸게 변신!

범인은 누구일까요?

돼지 손님

- 조로리 일행이 온천에 들어가자 당황하며 갑자기 탕안으로 잠수하던 행동이 찜찜했다.

청소부 아저씨

- 청소할 때 혼자 있었다. 그때 황금 라이온을 훔쳐 가짜와 바꿔치기 할 시간은 충분했다. 지금도 쓰레기를 가지러 간다고 말했지만 도망쳤을지도 모른다.

야옹 씨 아들 야옹이

- 이 여관을 놀이공원으로 바꾸고 싶어 한다. 황금 라이온만 없으면 그 꿈은 현실이 된다.

물론 이 몸도 타고난 악당이니 의심을 받는 게 당연하다.

저기, 여러분.

급하게 옷을 갈아 입어서 겉옷 안에는 아직도 목욕 가운.

55

"이건 뭘까요?"

아들 야옹이가 바위의 움푹 들어간 곳에

묻어 있는 하얀 가루를 발견했습니다.

이런 때에는 아주 작은 증거도 무척 중요합니다.

모두 그 가루를 살펴보려고 모여들던

때였습니다.

출입구 옆에서

여행 가방을 들고 있던 하마가

천천히 뒷걸음질을 치며

나가려는 것을 조로리가

놓치지 않았습니다.

잠깐!

"지금 여기서
도망치려
하다니
범인이라고
자백하는 거나
마찬가지다!"

조로리의 말에 이시시와 노시시가
하마를 붙잡아 데려왔습니다.
"오호라! 그 여행 가방에 숨긴 모양이군!
어서 말해 보시지!"
조로리가 다그치자 하마가 외쳤습니다.

"아, 아니에요. 난
그런 거 모른다고요!"
"에이, 시치미 떼지 마!"
조로리가 가방을 빼앗아 지퍼를 열고
거꾸로 들어 흔들자……

잘 개켜서 넣어 둔
옷들이 쏟아져
나왔습니다.
"이, 이게 뭐야!"
조로리가 놀라서
하마한테 물었습니다.
"정말 죄송합니다.
온천에서 빨래는
못 하기 되어
있는데 이렇게나
많이 빨래를 하고
말았습니다. 다시는 안 그럴 테니
제발 용서해 주세요."
하마가 고개를 떨구었습니다.

"그래? 이제 알겠다. 이 하얀 가루는
빨래할 때 썼던 세제였어!"
아들 야옹이가 자신 있게 외쳤습니다.
"쯧쯧! 사건이 해결되나 싶었더니만……."
조로리가 혀를 차고 있는데
이번엔 이시시가 뭔가를 발견했습니다.

조로리 사부님,
이게 뭐래유?

이시시가 가리킨 쪽을 보니
황금 라이온상이 붙어 있던
바위 바로 아래쪽에
낚싯줄이 늘어져 있었어요.
낚싯줄은 탕 속으로 이어져 있었습니다.

"오호, 범인이 그곳에 숨겨 놓은 모양이군.

누구냐? 빨리 자수하는 게 좋을 거다."

조로리가 무서운 목소리로 겁을 주자……

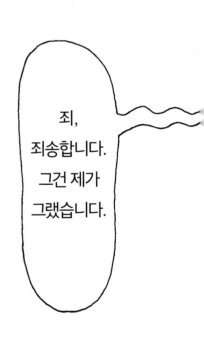

죄,
죄송합니다.
그건 제가
그랬습니다.

돼지가 고개를 떨구며 앞으로 나왔습니다.

"제가 온천욕을 하는데

갑자기 당신들이 나타나는 바람에

급하게 그곳에 숨겨 두었습니다.

용서해 주세요."

"역시 그때였구나. 어쩐지 수상했어."

조로리가 우쭐거리며 말했습니다.

"이제 사건이 해결되었구먼유."

이시시는 보란 듯이 줄을 끌어올렸습니다.

그런데 낚싯줄 끝에는……

열 개쯤 되는 달걀이
담긴 그물망이
매달려 있었습니다.

죄송합니다.
모처럼 온천에 온 거라
온천물로 삶은 달걀을
먹고 싶어서 그만……
탕 안에 음식물을 가지고 들어오면
안 된다는 규칙은 알고 있었지만
너무나 먹고 싶은 마음에
이런 짓을 저지르고
말았습니다.

온천달걀

여기서 잠깐

◆ 노른자가 흰자보다 낮은 온도에서 익기 때문에
온천물에 달걀을 넣어 두면 노른자는 잘 익고
흰자는 살짝 덜익은 상태로 삶아집니다.
이걸 온천 달걀이라고 부른답니다.

잘익은 노른자
살짝덜익은 흰자

"이야! 진짜 맛있어 보이는디."

이시시가 군침을 삼켰습니다.

"드셔 보세요. 사죄의 뜻으로 드리겠습니다."

돼지의 말에 좋아한 것은

먹보 이시시와 노시시뿐,

사건 해결의 실마리가 사라지자

모두 아쉬워했습니다.

그런데 바로 그때……

청소부
아저씨가
쓰레기통을
들고
달려왔습니다.

쓰레기통에서는
바위 조각들과
흙이 쏟아져
나왔습니다.
그것을 본
조로리가
말했습니다.

이 안에
단서가
될 만한 게
남아 있으면
좋을 텐데.
한번
살펴보세요.

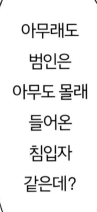

아무래도 범인은 아무도 몰래 들어온 침입자 같은데?

하지만 모든 창문은 잠겨 있었습니다. 외부에서 출입구 말고는 다른 곳으로 들어올 수 없습니다.

앗!

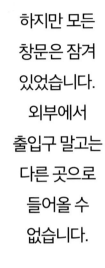

그 말에 청소부 아저씨가 뭔가 생각난 모양입니다.

"그러고 보니
이 흙도, 바위 조각들도 다
라이온상이 붙어 있던
바위 주변에만
떨어져 있었습니다."

뭐지?

조로리는 바위 조각 하나를 집어 들고

찬찬히 살펴보았습니다.

"으흠. 이 바위 조각에는 전동 드릴 자국이 있다.

그런데 라이온상 하나 떼어 내는 데

이렇게나 많은 바위 조각이

떨어져 나올까?"

이 점을 이상하게 여긴 조로리는

황금 라이온이 붙어 있던 바위를

좀 더 자세히 살펴보기로 했습니다.

전동 드릴
자국이 곳곳에
남아 있다.

① 먼저 바위에 납작 엎드려 한참을 살펴보다가

조로리는 가늘게 금이 난 곳을 찾아냈습니다.

② 금이 난 곳에 손을 넣어 들어 올리니

바위 속에 구멍이 뻥 뚫려 있었습니다.

③ "우리가 이 구멍이 어디로 연결되는지

보고 올게유."

노시시가 자신 있게 구멍에 몸을 던졌습니다만

④ 엉덩이가 걸려 들어갈 수가 없었습니다.

"이거 큰일인걸. 이렇게 우물쭈물하다가는

범인을 놓치고 말 텐데."

조로리가 입술을 깨물던 그때였습니다.

아들 야옹이가
힘차게 구멍으로
뛰어들었습니다.

내가
들어가
볼게요.

모두 마른침을 삼키며
초조하게
기다렸습니다만……

뽀옹

아들 야옹이는
아무리 기다려도

……

……

돌아오지
않았습니다.

괜찮은
거냐?

대답 좀
해 봐!

잠시 뒤에
어디에선가

어이!

아들 야옹이의 목소리가
아주 작게 들렸습니다.

앗,
이 안에서
들리는 소리가
아닌데?

밖이다!
밖에서 나는
소리다!

조로리가
창 쪽으로
뛰어가
밖을
살펴보니……

조로리 일행은
그 말을 듣고
곧장 오지 마 여관으로
달려갔습니다.

밖으로 나가니
어느새 참새들이 지저귀는
아침이 밝아 왔습니다.

조로리 일행은 잽싸게 입구를 가로질러
여관 안에 있는 정원으로 달려갔습니다.
그러자 동백나무 그림자 밑으로
구멍이 뻥 뚫려 있는 것이 보였습니다.
"범인은 이 여관에 있는 손님이다.
한 명도 빠짐없이 조사하자."

조로리는 여관 주인 할머니에게

어제 묵었던 손님들을 한 명도 빠짐없이

붙잡아 달라고 부탁했습니다.

"이걸 어쩌나.

지금 막 손님 한 분이 떠나셨는데."

"네? 뭐라고요?"

조로리는 얼굴이 창백해져서는

그 길로 여관을 뛰쳐나갔습니다.

79

그 손님은 무거워 보이는 짐을 끌고
정류장으로 이어지는 언덕길을
올라가고 있었습니다.
"어이, 기다려!"
조로리의 말에 뒤돌아본 것은
바로 어제 버스를 함께 타고 왔던
온천 전문가, 구라모였습니다.
   "아, 조로리 씨. 나한테
      무슨 볼일이라도 있나요?"
      그 말에 조로리가 물었습니다.

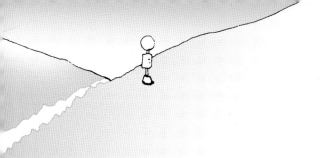

"실례인 줄 압니다만, 어젯밤에

무엇을 했는지 말씀해 주시겠습니까?"

"어제도 말씀드렸지만 일찍 일어나야 해서

온천욕만 하고 조금 전까지 푹 잤습니다."

"그래요? 그런데 짐이 어제보다

많이 늘어난 것 같군요."

조로리의 날카로운 눈이 반짝반짝 빛났습니다.

"하하하, 기념품을 넣어서 그렇습니다.

앗, 곧 버스가 도착할 시간이네.

서둘러야겠군요."

구라모가 서둘러 가려 했습니다.

"그 기념품은 분명 황금빛으로 반짝이겠지요.

자, 이시시! 노시시!

어서 가방 속을 살펴봐라."

이시시와 노시시는

구라모에게 달려들더니 가방을 뺏어

힘껏 지퍼를 열었습니다.

그러자 가방 안에서……

네굴데굴— 데굴데굴—

엄청나게 많은 온천 단팥빵들이 굴러 나왔습니다.

"아이고, 이걸 어쩌나.

겨우 가방에 집어넣었는데.

가족들 줄 기념품이라고요!"

"죄, 죄송합니다."

조로리 일행은 길에 나뒹구는 단팥빵을

서둘러 다시 가방에 담았어요.

"하하하. 누구나 실수는 하는 법이지요.

앗, 버스가 온 것 같군요. 그럼 이만."

구라모는 조로리와 악수를 하고

버스 정류장으로 서둘러 달려갔습니다.

"자, 그럼 여관에 남아 있는 손님들을
조사해 봐야겠군!"
오지 마 여관에 돌아가려던 조로리의 눈에
문득 오른손에 묻은 진흙이 보였습니다.
"앗, 이건 방금 구라모 씨와 악수를 한 손인데!

온천욕을 하고 곧장 잠만 잤다는 구라모의 손이

이렇게 진흙투성이일 리가 없지!

틀림없이 구라모 씨는 손으로 구멍을 파서

라이온상을 훔치러 갔을 거다!"

조로리는 뒤를 돌아보았습니다.

어느새 구라모는

무거워 보이는 짐을 들고 낑낑대며

버스에 오르고 있었습니다.

"뭔가 이상해!

빵이 저렇게 무거울 리가 없어.

역시 저 가방 안에 뭔가가 있는 거야!"

조로리가 뒤따라가려고 했지만
이제 구라모가 한 계단만 더 오르면
버스는 문을 닫고 떠날 겁니다.
"아, 이러다가 놓치겠는걸!"
다급해진 조로리는 돌을 주워서
구라모를 향해 힘껏 던졌습니다.

풀썩

아얏!

돌은 정확히 가방을 든
구라모의 손을 맞혔고,
그 바람에 구라모는
가방을 놓치고
말았습니다.

가방은 버스
계단을
구르다가
땅바닥으로
떨어졌어요.

그 충격으로 가방이 열렸는데

빵 사이에 숨겨 두었던

황금 라이온상이 반짝반짝 빛을 내며

모습을 드러냈습니다.

"역시 내 예감이 맞았어.

저 녀석이 범인이다!"

조로리가 소리를 지르자마자

아침 안개를 가르며 경찰차가 달려왔습니다.

"이 녀석이 황금 라이온을 훔친
진짜 범인입니다."
아들 야옹이는 밧줄로 꽁꽁
묶어 두었던 구라모를
경찰에 넘겼습니다.

"오호, 이 녀석은
세계적인 도둑 구라모가 아닙니까?
이거 큰 공을 세우셨습니다."
"아이고, 아닙니다.
이 녀석을 잡은 것은 제가 아니라
바로 저분이십니다."
경찰의 칭찬을 받고 아들 야옹이가
가리킨 곳에는 조로리 일행이 벗어 던진
세 장의 목욕 가운만이
놓여 있었습니다.

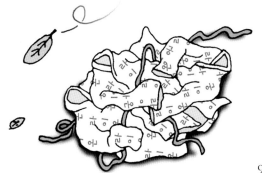

하라 선생님의 축하 인사말

한국 어린이 여러분, 안녕하세요.

《장난천재 쾌걸 조로리 시리즈》작가 하라 유타카입니다.

저는 어린이들이 계속 보고 싶어 하는

재미있는 책을 만들고 싶어서《장난천재 쾌걸 조로리》를

쓰기 시작했습니다.

일본에서는 책읽기를 싫어하던 어린이들도 이 책을 읽은 후부터

다른 책도 읽게 되었다고 합니다.

한국 어린이들도 꼭 재미있게 읽어 주면 좋겠습니다. 잘 부탁해요.

하라 유타카

글쓴이 소개

하라 유타카 (原ゆたか)

1953년 구마모토 현에서 태어났다.

1974년 KFS콘테스트 고단샤 아동도서부문상 수상.

주요 작품으로는《자그마한 숲》,《마탄은 마사오군》,《장갑 로켓의 우주 탐험》,《나의 보물 나막신》,《푸우의 심부름》,《내 것도 아빠 것처럼 되는 걸까?》,《시금치맨》시리즈 등이 있다.

옮긴이 소개

오용택 (吳龍澤)

일본대학교 예술학부 방송학과를 졸업하고 중앙대학교 신문방송대학원을 졸업했다.

중앙대학교 외국어아카데미에서 일본어를 강의했다.

그 외 카피라이터로 활동 중이며 아이들을 위한 좋은 책을 기획, 번역하고 있다. 옮긴 책으로는 《건강한 삶, 건강한 기업》 등이 있다.

글·그림 하라 유타카
옮김 오용택

개정판 1쇄 인쇄 2024년 12월 1일
개정판 1쇄 발행 2024년 12월 11일

펴낸이 김영곤 **펴낸곳** (주)북이십일 을파소
기획편집 이장건 김의헌 박예진 박고은 서문혜진 김혜지 이지현
아동마케팅 장철용 양슬기 명인수 손용우 최윤아 송혜수 이주은
영업 변유경 김영남 강경남 황성진 김도연 권채영 전연우 최유성
해외기획 최연순 소은선 홍희정
디자인 임민지 **제작** 이영민 권경민

출판등록 2000년 5월 6일 제406-2003-061호
주소 (우 10881) 경기도 파주시 회동길 201(문발동)
연락처 031-955-2100(대표) 031-955-2109(기획편집)
팩스 031-955-2122 **홈페이지** www.book21.com

ISBN 979-11-7117-747-9 74830
ISBN 979-11-7117-605-2 (세트)

다양한 SNS 채널에서 아울북과 을파소의 더 많은 이야기를 만나세요.

인스타그램 페이스북 네이버카페 네이버포스트
@owlbook21 @owlbook21 owlbook21 아울북 and 을파소

• 제조자명 : (주)북이십일
• 주소 및 전화번호 : 경기도 파주시 회동길 201(문발동) / 031-955-2100
• 제조연월 : 2024.12.
• 제조국명 : 대한민국
• 사용연령 : 8세 이상 어린이 제품

かいけつゾロリのめいたんていとうじょう
Kaiketsu ZORORI no Meitantei Tojo
Text & Illustraions©2000 Yutaka Hara
All rights reserved.
Original Japanese edition published in Japan in 2000 by Poplar Publishing Co., Ltd.
Korean translation rights arranged with Poplar Publishing Co., Ltd.
Korean translation copyright©2024 by Book21 Publishing Group.

라이온 여관의 명물 황금 라이온, 세계적인 도둑 구라모가 노렸다!

화제의 황금 라이온

세계적인
도둑
구라모
검거

현장에
있었을지도
모를
조로리

라이온 여관의 야옹이 온천에 있는 최대 구경거리인 황금 라이온이 가짜와 바뀌치기 당해 하마터면 도난당할 뻔했다. 그날 여관에 머물렀던 한 손님 덕분에 무사히 제자리로 돌아왔지만 한동안 여관 손님들 모두가 의심받았다.

라이온 여관의 주인 야옹 씨의 인터뷰

"아, 정말 놀랐습니다. 도둑맞지 않으려고 온갖 궁리를 다 했습니다만, 결국 그런 일이 벌어지고 말았습니다. 하지만 그 사건 덕분에 황금 라이온이 더 유명해졌고 라이온상을 보려는 손님들의 예약이 끊이지 않아 저희는 행복한 비명을 지르고 있습니다. 라이온상을 찾아 준 손님께 감사의 말씀을 드리고 싶었는데 바람처럼 갑자기 사라져 버리셨네요.."

도둑 구라모의 인터뷰

"나를 잡은 건 조로리다. 나는 조로리 일행을 끌어들여 그 녀석들에게 도둑 누명을 씌우고 도망치겠다는 계획을 세웠다. 그런데 내가 이런 꼴을 당하고 말았다. 아무래도 조로리를 너무 얕잡아 본 것 같다." 구라모는 이런 말을 남기고 감옥으로 들어갔다. 구라모의 말이 사실이라면 그 여관에는 지명 수배자가 둘이나 있었던 셈이다. 경찰이 조금만 더 빨리 도착했더라면 조로리도 체포할 수 있었을 것이다.